Chardey (R) 29 1877 Mai 14

Vente des 14, 15 et 16 Mai 1877

HOTEL DROUOT, SALLE N° 5

A UNE HEURE ET DEMIE

COLLECTION

DE

M. R. CHARDEY

DU HAVRE

EXPOSITION PUBLIQUE : le Dimanche 13 Mai 1877

COMMISSAIRES-PRISEURS

Me ESCRIBE, rue de Hanovre, n° 6 | Me MACIET, rue Saint-Honoré, n° 165

EXPERT

M. CH. GEORGE, rue Laffitte, n° 12.

PARIS — 1877

Vve RENOU, MAULDE et COCK

IMPRIMEURS DE LA COMPAGNIE DES COMMISSAIRES-PRISEURS

Rue de Rivoli, 144

CATALOGUE

DE

FAÏENCES DE ROUEN

Marseille, Strasbourg, Delft, etc.

PORCELAINES

OBJETS D'ART ET DE CURIOSITÉ

Beau Bronze de Clodion

IVOIRES SCULPTÉS, OUVRAGES EN ORFÉVRERIE, ÉPOQUE LOUIS XIII, ETC.

TAPISSERIES ANCIENNES

TABLEAUX ANCIENS

ENVIRON

800 DESSINS DES DIVERSES ÉCOLES

Le tout appartenant

à M. R. CHARDEY, du Havre

VENTE HOTEL DROUOT, SALLE N° 5

Les Lundi 14, Mardi 15 et Mercredi 16 Mai 1877

A UNE HEURE ET DEMIE

(Les Vacations étant chargées)

Par le ministère de **Me ESCRIBE**, Commissaire-Priseur,
rue de Hanovre, 6,
Et de **Me MACIET**, son confrère, rue Saint-Honoré, 165,
Assistés de **M. CHARLES GEORGE**, Expert, rue Laffitte, 12.

EXPOSITION PUBLIQUE

LE DIMANCHE 13 MAI 1877

PARIS — 1877

CONDITIONS DE LA VENTE

Elle sera faite expressément au comptant.

Les Acquéreurs paieront CINQ POUR CENT, en sus des adjudications.

L'Exposition mettant le public à même de se rendre compte de l'état des Objets, aucune réclamation ne sera admise une fois l'adjudication prononcée.

ORDRE DES VACATIONS

Lundi 14 Mai : Faïences, Porcelaines, Curiosités, Meubles, Tapisseries.

Mardi 15 Mai : Tableaux.

Mercredi 16 Mai : Dessins.

DÉSIGNATION

FAIENCES DE ROUEN

ET AUTRES

1 — Belle Assiette ornée de trois figures de Chinois; décor polychrome à trois tons. Marque G. P.

2 — Assiette à décor chinois polychrome.

3 — Plat creux ovale; décor bleu à guirlandes de fleur. Marque M. S.

4 — Assiette, décor polychrome à la corbeille, avec double bordure.

5 — Assiette; décor bleu à rosace et bordure.

6 — Deux Assiettes; décor au carquois avec papillons.

7 — Deux Assiettes à vases de fleurs, ornements rocaille et œillets; décor polychrome.

8 — Deux Assiettes polychromes, à corbeille, fleurs, branchages et bordures.

9 — Six Assiettes polychromes, à corbeille et bordures. Marque D. V.

10 — Une Assiette à la tulipe.

11 — Plat ovale au carquois, avec bordure.

12 — Belle Assiette décorée d'un bouquet au centre et, sur le marli, de fleurs se détachant sur fond *capucin*.

13 — Assiette à fleurs et bordure quadrillée.

14 — Deux Plats longs octogones, l'un marqué G.

15 — Plateau ovale, à deux anses et bords contournés; décor à la corne. Marque P. D.

16 — Belle Assiette à fleurs et branchages, bordures à fleurs alternées de quadrilles verts. Marque G. A.

17 — Plat avec bordure analogue et pagode au centre. Marque G. B.

18 — Assiette au carquois.

19 — Assiette à bords dentelés, corbeille à fleurs et bordures.

20 — Grand Plat rond à la corne.

21 — Plat ovale à la corne.

22 — Plat ovale à corbeille et bordure.

23 — Plat ovale à la corne tronquée.

24 — Pot et Cuvette à la corne. G.

25 — Soupière ronde à la corne. Marque F. B.

26 — Pot à eau et Cuvette; décor bleu.

27 — Pichet aux armes de l'abbesse de Chelles.

28 — Soupière ovale, à couvercle.

29 — Pichet à figure de saint Nicolas et inscriptions : Nic. Dupré, 1743.

30 — Daubière à fleurs de lis. Marque L. P. dans la pâte, sous l'anse.

31 — Porte-Huilier; décor bleu et rouge.

32 — Trois Jardinières; une, décor bleu, deux polychromes.

33 — Jardinière polychrome, en forme de commode.

34 — Deux Plats octogones.

35 — Vasque à ornements en relief, sur pieds à dauphins.

36 — Deux Figurines : Saints et deux Lions. Signés Hérubel.

37 — Canette en faïence hollandaise; monture en étain.

38 — Grand Plat rond, à décor bleu (Nevers).

39 — Plat ovale; décor bleu de style Bérain (Moustiers).

40 — Deux Beurriers (Delft).

41 — Deux Lions (Lunéville).

42 — Dix-sept Plaques (Delft). Seront divisées sous ce numéro.

42 *bis* — Plaque italienne (Paysage polychrome).

43 — Une Plaque (Rouen); bordure à ornements rocaille en relief polychrome.

44 — Porte-Huilier (Strasbourg).

45 — Deux Potiches polychromes (Delft).

46 — Deux Potiches (Delft); décor bleu.

47 — Bouteille à côtes; décor bleu. Marque C. D. (Delft).

48 — Beau Plat à barbe en vieux Delft; décor polychrome à rehauts d'or.

49 — Quatre Potiches (Delft).

50 — Saucière (Marseille).

51 — Soupière avec son couvercle.

52 — Grès de Flandre : Vases, Encriers, etc., sous ce numéro. Ce lot sera divisé.

53 — Environ six douzaines d'Assiettes en faïence normande du XVIIIe siècle et du temps de la Révolution, etc., etc. Sera divisé.

54 — Sous ce numéro, quantité de Pièces de toute nature; anciennes Faïences françaises, hollandaises, italiennes, etc. Sera divisé.

PORCELAINES

55 — Cabaret solitaire avec plateau en ancienne porcelaine de Ludwigsburg; médaillons à portraits et guirlandes. Cinq pièces.

56 — Deux Plats de Chine, décorés de chrysanthèmes.

57 — Service en porcelaine de Niderviller; décor à paysage. Vingt-trois pièces.

58 — Douze Assiettes à fleurs (Niderviller) et quatre Compotiers.

59 — Six Assiettes à bordures bleues (Barbeau).

60 — Fontaine et Bassin en porcelaine émaillée, imitation de Chine.

61 — Deux Assiettes en ancienne porcelaine de la Chine, famille verte.

62 — Deux autres Assiettes, à décor européen.

63 — Corbeille à pain et Sucrier (Derby).

64 — Plateau et cinq Pots à crème. Jacob Petit.

65 — Pendule en biscuit (la Cruche cassée).

66 — Groupe en biscuit (Chasseur et Paysanne).

67 — Groupe en biscuit (l'Amour et Psyché).

68 — Groupe en biscuit (Vénus et l'Amour).

69 — Potiche en porcelaine de Chine craquelée; décor à personnages (Jongleurs).

70 — Deux Potiches en porcelaine de Chine, à personnages et fleurs.

71 — Deux Statuettes de Jacob Petit.

72 — Deux jolies Pièces en vieux Sèvres, pâte tendre: Pot à crème et Sucrier avec couvercle; décor Pompadour.

73 — Tasse et Soucoupe en vieux Sèvres, pâte tendre; décor à fleurs et torsades vertes à rehauts d'or.

74 — Boîte ovale en Saxe.

75 — Théière; décor à fleurs (Vienne).

76 — Beurrier en porcelaine de Nast.

77 — Deux Groupes en porcelaine moderne avec leurs socles.

78 — Deux Bustes (Louis XVI et Marie-Antoinette).

79 — Écuelle et Plateau en porcelaine de Lausanne; décor or à relief sur fond bleu clair.

80 — Porte-Huilier en vieux Sèvres.

81 — Les Porcelaines non détaillées:

OBJETS D'ART, CURIOSITÉS

82 — L'Amour effeuillant une rose. Belle statuette en bronze d'après CLODION, signé de Braux, fondeur. Cette jolie pièce, qui est, dit-on, unique, repose sur un socle, fût de colonne, en marbre blanc. Hauteur de la statuette, 35 c.

83 — Plateau à pied en argent repoussé, à fleurs et oiseaux au milieu de rinceaux (XVIIe siècle).

84 — Deux petites Salières rondes en argent, sur pieds à boules.

85 — Grand Plat ovale en argent repoussé, orné de grosses fleurs et rinceaux, époque Louis XIII.

86 — Grand Plat ovale en argent repoussé, de l'époque Louis XIV.

87 — Deux Brûles-Parfums en ancien bronze de la Chine, avec socles et couvercles en bois sculpté à jour.

88 — Coffret du XVIe siècle en fer gravé, à personnages et encadrements de rinceaux.

89 — Autre Coffret en fer.

90 — Coffret en bois, à couvercle bombé, garni d'écoinçons et fermoir en cuivre.

91 — Christ de grande dimension, en ivoire sculpté. Travail français du XVIIe siècle. Haut., 55 c.

92 — Deux Plaques en émail : Adam et Ève et Suzanne au bain.

93 — Deux Miniatures d'après le Guide : Madeleine et une Sibylle.

94 — Plaque en cuivre repoussé, avec encadrement : l'Annonciation.

95 — Bas-relief en terre cuite : la Vierge et l'Enfant Jésus.

96 — Belle Pendule en cuivre ciselé et doré, du temps de Louis XVI, à figures d'enfants (la Peinture et la Sculpture); socle en marbre blanc.

97 — Statue de Vierge ; grande figure en ivoire sculpté. Haut., 48 c.

98 — Saint Michel terrassant le démon. Groupe en ivoire sculpté.

99 — Poire à poudre en ivoire sculpté, à blason et sujets de chasse en bas-relief.

100 — Plaque en ivoire sculpté : l'Ascension (xve siècle).

101 — Plaque en ivoire sculpté : Vierge et Enfant. Travail moderne.

102 — Râpe à tabac en bois sculpté.

103 — Autre Râpe en ivoire.

104 — Deux petites Figurines en bronze du Japon.

105 — Trois petits Bronzes japonais.

106 — Petit Buste de Sully en marbre. Signé Père Rosset, à Saint-Claude.

107 — Quatre Termes en ivoire sculpté (les Éléments), époque Louis XIV.

108 — Buste d'Empereur romain en bronze, sur socle.

109 — Petite Réduction de la colonne Trajane en rouge antique.

110 — Petite Pendule religieuse en marqueterie de cuivre, époque Louis XIV.

111 — Cuivre : deux Lanternes, un Bougeoir et une paire de Mouchettes.

112 — Petit Encrier en argent, dans son étui en galuchat.

113 — Boîte à mouches en galuchat; garniture en vermeil.

114 — Trois Boîtes en émail de Saxe, dont une en forme de singe.

115 — Petit Plat Louis XIV en cuivre repoussé (le Faiseur de bulles de savon).

116 — Verre à pied en Bohême gravé (Chasse à l'ours).

117 — Burette double, filigranée blanc.

118 — Deux Carafes en Bohême gravé.

119 — Verreries de Bohême et de Venise : grand Gobelet, Flacon, Verres à pieds de diverses dimensions, etc. Ce lot sera divisé.

120 — Environ douze Morceaux de Vitraux anciens.

121 — Sous ce numéro, les Objets de curiosité non détaillés, petits émaux, bronzes, etc.

MEUBLES

122 — Grand Coffre en bois sculpté, à figures de saints sous des niches (médaillon), représentant l'Annonciation. Daté 1620 et armoiries.

123-124 — Deux Coffres en bois sculpté, avec sujets : l'Adoration des bergers et le Sacrifice d'Abraham.

125 — Coffre à bois, orné de sculpture.

126 — Crédence Louis XIII en bois sculpté.

TAPISSERIES

127 — Tapisserie verdure du XVIe siècle, avec bordure. 2^{m}50 sur 3^{m}30.

127 *bis* — Autre Tapisserie. 2^{m}50 sur 3^{m}30.

127 *ter* — Autre Tapisserie. 2^{m}70 sur 3^{m}35.

128-129 — Deux Panneaux verdures d'entre-deux. 2^{m}20 sur 1^{m}45 et 2^{m}30 sur 94.

130 — Tapisserie à personnages. 2^{m}30 sur 2^{m}42.

131 — Tapisserie verdure avec oiseaux et bordures. 3^{m} sur 2^{m}65.

132 — Morceaux de tapisseries et bordures.

ÉTOFFES

133 et 133 *bis* — Deux Robes chinoises brodées.

133 *ter* — Costume japonais brodé.

TABLEAUX

134 — **Balen** et **Breughel.** Les quatre Éléments (Cuivre).

135 — **Bassan.** Les Travaux champêtres (Toile).

136 — **Bergue** (Tony de). La Garde mobile aux barricades (Bois).

137 — **Bles** (H. Met de). Paysage et Figures bibliques (Bois).

138 — **Bloemen** (P. van). Marche d'animaux (Toile).

139 — **Bourguignon.** Batailles. Deux pendants (Bois).

140 — **Id.** Charge de cavalerie (Toile).

141 — **Breda** (Pierre Van). Marché italien (Toile).

142 — **Breughel** (Pierre), le vieux. Kermesse flamande. Importante composition animée d'une multitude de personnages (Bois).

143 — **Breughel** (École des). Les Patineurs (Bois).

144 — **Bril** (Paul). Moïse sauvé des eaux (Bois).

145 — **Bruandet** (L.). Les Chasseurs (Toile).

146-147 — **Budelot** (Ph.). Deux Paysages avec figures, par Demay (Toile).

148-149 — **Callot** (Genre de). Deux compositions drôlatiques, par un peintre flamand (Toile).

150 — **Canaletti** (École de). Vue de Venise (Toile).

151 — **De Machy.** La Démolition de la Bastille (Bois).

152 — **De Machy.** Fontaine dans un palais (Toile).

153-154 — **Id.** Monuments en ruines. Deux pendants (Toile).

155 — **Drouais.** Son Portrait? (Toile).

156 — **Franck.** La Nativité (Cuivre).

157 — **Id.** Esther et Assuérus (Bois).

158 — **Hellemont** (Van). Tabagie flamande (Toile).

159 — **Honthorst.** Le Reniement de saint Pierre (Cuivre).

160 — **Inconnu.** (Signature illisible) Garde-Manger (Bois).

161 — **Jouvenet.** Portrait d'abbé (Toile).

162 — **Koning** (Ph. de). Portrait d'homme (Toile).

163 — **Lancret** (École de). Conversation galante (Toile).

164 — **Lenain** (Attribué à). Repas de villageois (Toile).

165 — **Locatelli.** Paysage italien (Toile).

166 — **Londonio.** Chariot de bohémiens (Toile).

167 — **Lorrain** (École de Claude). Port de mer (Toile).

168 — **Ost** (C.). Paysage et Figures, dans le goût de Téniers (Bois).

169 — **Ostade** (Genre d'Isaac). La Partie de cartes (Bois).

170 — **Otto-Vénius.** Flagellation du Christ (Bois).

171 — **Paez** (Joseph de). L'Immaculée Conception, Adam et Ève. Grand tableau (Toile non encadrée).

172 — **Patel.** Palais en ruines (Toile).

173 — **Pattier.** Suzanne et les Vieillards (Miniature sur vélin).

174 — **Perrier** (François). La Fuite en Égypte (Toile).

175 — **Peters** (B.). Navires échouant sur des rochers.

176 — **Pot** (Henri). Intérieur de corps de garde (Toile).

177 — **Rembrandt** (Genre de). Portrait (Toile).

178 — **Robert** (Hubert), 1796. Les Pêcheurs (Toile).

179 — **Id.** Le Pont rustique (Toile).

180 — **Id.** Les Laveuses (Toile).

181 — **Id.** Ruines de Rome (Toile).

182 — **Rubens** (École de). L'Automne (Toile).

183 — **Salvator Rosa** (École de). Le Martyre de saint Janvier (Toile).

184 — **Stella** (Attribué à). Concert allégorique (Bois).

185 — **Tivoli** (Rosa de). Pâtre et Animaux (Toile).

186 — **Id.** Chèvres et Moutons (Toile).

187 — **Venne** (Attribué à Van der). Chariot et Troupe de cavaliers (Toile).

188 — **Vernet** (Genre de). Phare (Toile).

189 — **Watteau** (Genre de). Le Menuet (Toile).

190 — **Wouwerman** (Pierre). Troupe de chevaux au pâturage au bord d'une rivière. Tableau important (Toile).

191 — **Wouwerman** (Genre de). Halte de chasse (Bois).

192 — **Id.** L'Hôtellerie (Bois).

193 — **Ancienne École flamande.** La Vierge et l'Enfant Jésus. Fond de paysage (Bois).

194 — **École allemande.** Vue de Francfort (Toile).

195 — **Id.** Paysage avec ruines (Bois).

196 — **École française.** Villageois et Bestiaux (Toile).

197 — **Id.** Portrait d'une dame et de sa fille. Genre de Chardin (Toile).

198 — **Id.** Les Amants surpris (Toile).

199 — **École française** Petit Garçon (Toile).

200 — **Id.** Paysage (Cuivre).

201 — **Id.** Jésus et Jean-Baptiste (Cuivre).

202 — **Id.** Port de mer (Toile).

203 — **École hollandaise.** Trompe-l'œil (Bois).

204 — **Id.** Portrait d'homme cuirassé (Bois).

205 — **École italienne.** Bacchus et Ariane (Toile).

206 — **Id.** Combat des Horaces et des Curiaces (Toile).

207 — **École moderne.** Enfant dans une prairie (Toile).

208 — **Id.** Les Pêcheurs (Paysage) (Toile).

209 — **Id.** Golfe de Naples (Toile).

210 — **Id.** Deux petits Paysages (Toile).

211 — Deux Gouaches d'éventails : Monuments de Rome.

212 — Miniature sur vélin. Sainte Famille.

213 — Environ trente Tableaux seront vendus sous ce numéro.

DESSINS ENCADRÉS

214 — **David** (École de). Défilé de captifs.

215 — **Fratta** (D.-M.), 1731. Deux Architectures à la plume.

216 — **Romain** (Attribué à Jules). Bacchanale (Plume et lavis).

217 — **Norblin.** Deux Intérieurs (Lavis).

218 — **Ozanne.** Deux Dessins (Marine).

219 — **Patel.** Petit Paysage (Gouache).

220 — **Pigal.** La Prise de tabac.

221 — **Queverdo.** Motif de plafond.

222 — **Servandoni.** L'Arc de Constantin et l'Arc de Septime-Sévère. Deux grandes aquarelles.

223 — **Stolker,** d'après Backhuysen. Portrait d'Anna de Hoogh.

224 — **Vernet** (J.). Deux Paysages-Marines (Dessins).

225 — **Wagner.** Paysage boisé (Encre de Chine).

226 — **Wissant** (C.). Deux Paysages (Aquarelles).

227 — **École hollandaise.** Deux Gouaches (Patineurs).

228 — Plusieurs Dessins encadrés.

DESSINS EN FEUILLES

229 — **Adam.** Sujet de l'histoire romaine (Plume et sépia) et un Croquis : Femme drapée.

230 — **Adanson.** Rade de Seyde, en Syrie (Encre de Chine).

231 — **Albane.** Tête d'homme (Sanguine).

232 — **Alberti** (Durante). Évangéliste (Collection Mariette).

233 — **Arpino** (J. Cesari). Caïn et Abel (Sépia). — Étude de Grimpeur (Sanguine).

234 — **Baccio Bandinelli.** Bas-relief d'après l'antique (Plume).

235 — **Barroche** (F.). Religieux en adoration (Sépia). — Figure d'ange (Crayon).

236 — **Baur** (Willem). Galère (Aquarelle).

237 — **Bellangé** (H.), 1823. Le Retour du soldat (Belle aquarelle).

238 — **Berat** (E.), d'après Isabey. Hangar (Sépia).

239 — **Berchem.** Moutons (Crayons noir et rouge).

240 — **Id.** Trois Sanguines (Études d'animaux).

241 — **Bergh** (N. Vanden). Sainte Famille (Plume).

242 — **Bison.** Étude d'architecture (Sépia).

243 — **Boissieu** (J.-J. de). La Douane de Rome (Plume et lavis). — Croquis pour l'eau-forte qui l'accompagne.

244 — **Id.** Petit Mendiant (Plume et lavis).

245 — **Id.** Paysage (Lavis).

246 — **Bolognèse** (Grimaldi, dit le). Deux Paysages (Plume).

247 — **Bologne** (Jean de). Deux Académies (Sanguines).

248 — **Bonnington.** Croquis à la mine de plomb, et une Marine, attribuée au même.

249 — **Both** (A.). Nativité (Plume et sépia), dans le style de Bloemaert, son maître.

250 — **Boucher** (F.). Le Moulin à eau (Crayons noir et blanc).

251 — **Boucher.** Jeune Fille qui pleure (Crayons noir et blanc).

252 — **Boucher** (École de). Six Dessins et une Contre-Épreuve.

253 — **Breughel de Velours.** Les Moulins (Plume).

254 — **Bril** (Paul). Château Saint-Ange (Plume).

255 — **Bronzino.** La Vierge et des Saints.

256 — **Breda** (Van). Halte de chasse (Lavis).

257 — **Buffagnotti** (C.-A.). Architecture (Plume).

258 — **Calandrucci** (H.). Anachorète (Plume et sépia).

259 — **Campagnola** (D.). Sainte Famille (Plume). Deux dessins.

260 — **Carrache** (Annibal). Figures décoratives (Sanguine).

261 — **Caravage** (Polydore de). Guerrier combattant (Plume, lavis et rehauts de blanc).

262 — **Cassas**. La Chute du Rhin (Plume et encre de Chine).

263 — **Id.** Moulins à eau (Crayon).

264 — **Casanova**. Croquis à l'aquarelle.

265 — **Chalon** (Louis). Scènes villageoises. Deux dessins (Plume).

266 — **Chardin**. Cinq Dessins (Croquis).

267 — **Charlet**. Grenadier (Aquarelle).

268 — **Chauveau** (Fr.). Sainte Famille (Dessin a la plume).

269 — **Chatelet**. Architecture (Deux lavis).

270 — **Cignani** (Carlo). Le Père Éternel (Plume). — Diane au bain (Sanguine).

271 — **Cleef** (Martin Van). Kermesse flamande (Plume et lavis).

272 — **Clerisseau** (C.-L.). Ruines (Lavis).

273 — **Cochin** (C.-N.). Dessin à la sauguine.

274 — **Collignon**. Marine (Aquarelle).

275 — **Corrège?** Moïse (Plume).

276 — **Id.** Trois Sanguines.

277 — **Cortone** (P. de). La Naissance de la Vierge (Plume et lavis).

278 — **Courtois**, dit le Bourguignon. Chariot et Cavaliers (Plume et lavis).

279 — **Couture** (T.). Portrait (Crayon noir).

280 — **Couvelet** (Signé), 1795. Portrait d'homme (Crayon sur vélin).

281 — **Couvelet** (Signé), 1795. Homme assis (Crayon sur vélin).

282 — **Daubigny**. Forêt (Crayon noir).
283 — **Decamps**. Trois Croquis (Crayon et aquarelle).
284 — Id. Quatre Pièces (Crayon, plume et aquarelle).
285 — **David?** La Peinture (Crayon).
286 — **Delacroix** (Eug.). Faust et Méphistophélès (Encre de Chine).
287 — Id. Deux Dessins (Figures, Architecture).
288 — Id. Turc (Aquarelle).
289 — Id. Les Prisonniers (Aquarelle).
290 — **Delarue**. Danse de Nymphes (Plume et sépia).
291 — Id. Composition allégorique (Plumeetlavis).
292 — Id. L'Amitié (Sépia).
293 — **Delcour** (J.). Apôtre (Plume et sépia).
294 — **Demarne**. Paysage boisé (Encre de Chine).
295 — **Desfriches**. Paysage (Mine de plomb).
296 — Id. La Passerelle (Sépia).
297 — **Deshays**. Martyre d'un saint (Sépia).
298 — **Desportes**. Oiseaux dans une mare (Crayon noir).
299 — **Devéria** (P.). Croquis à l'aquarelle.
300 — **Diépenbeck** (A.). L'Adoration des bergers (Plume).
301 — **Doedyns** (Guillaume). Sujet biblique (Sépia).
302 — **Dujardin** (K.). Pâtres et Animaux (Sépia).
303 — **Duplessis-Bertaux**. Officier de hussards (Plume).
304 — Id. Portrait (Plume).
305 — **Durer** (A.) Sainte Agnès (Plume).
306 — Id. La Vierge (Plume).
307 — **Dyck** (A.). Adoration des bergers.
308 — **Eckard** (G.-L.). Trois Dessins : la Marchande de jouets, Villageois assis et le Buveur.
309 — Id. Caricatures, Rabbins. Deux pièces.
310 — **Eisen**? Amours moissonneurs (Sangnine).
311 — **Fantoni**. Saint Jean (Sanguine).

312 — **Fiandrini** (B.). Trompe-l'œil.

313 — **Flamen** (A.). Poisson (Plume et sépia).

314 — **Fragonard.** Paysage et Figures (Encre de Chine).

315 — **Id.** Jeune Femme assise (Plume et sépia).

316 — **Fragonard** (Attribué à). Bas-relief (Sépia). — Une Sanguine et un Croquis. Trois pièces.

317 — **Francisque** (Fr. Millé). Paysage et Ruines. Deux pièces.

318 — **Gadbois.** Pâtes et Bestiaux (Aquarelle).

319 — **Gauli,** dit le Baciccio. Sujet romain (Plume et lavis).

320 — **Gérard Dow?** Marchand d'orviétan.

321 — **Géricault.** Trois Dessins.

322 — **Id.** Etude de nu pour la *Méduse* (Mine de plomb).

323 — **Id.** Cheval (Aquarelle).

324 — **Girodet.** Croquis (Plume et crayon).

325 — **Gois** (Signé). Massacre des Innocents (Plume et lavis).

326 — **Goltzius.** Passage de la mer Rouge (Plume et lavis).

327 — **Id.** Ecce homo.

328 — **Goya.** Quatre Croquis (Plume et mine de plomb).

329 — **Grandville.** Dessin à la plume.

330 — **Greuze.** Tête de jeune fille (Sanguine).

331 — **Id.** La Révérence, étude de main (Sanguine)

332 — **Id.** Têtes. Six contre-épreuves.

333 — **Giuseppe Zaïs.** Etude d'animaux (Encre de Chine).

334 — **Guerchin.** Femme assise (Plume).

335 — **Heemskerk** (Martin). David et Abigaïl (Plume et lavis).

336 — **Id.** Jésus dans le Temple (Plume).

337 — **Hennequin.** Daphnis et Chloé (Bistre).

338 — **Herregouts.** Saint Jean (Plume). Signé Hergodts (*sic*).

339 — **Hooge** (R. de). La Justice et la Sagesse (Encre de Chine).

340 — **Houel.** Pâturage (Sépia).

341 — **Hussenot.** Fable de La Fontaine (Plume et bistre).

342 — **Janinet.** Composition allégorique (Encre de Chine).

343 — **Jeanron.** Zouave (Aquarelle) et deux Dessins (Crayon noir).

344 — **Johannot.** Othello (Encre de Chine).

345 — **Jordaens.** Femme tenant une corbeille (Crayon noir et sanguine).

346 — **Kouwenhoven.** Effet d'hiver (Crayon et rehauts de blanc).

347 — **Kruger.** Cavalier (Plume).

348 — **Lafage** (R.). Serpent d'airain : Apollon et Marsyas.

349 — **Id.** Deux Bacchanales et deux Croquis à la plume.

350 — **Id.** Acrobates (Bistre).

351 — **Id.** Amphitrite.

352 — **Cambiaso.** Mort d'Adonis et le Serpent d'airain (Plume).

353 — **Lafosse** (C. de). Sous ce numéro, seront vendus vingt-six beaux Dessins au crayon noir et à la sanguine : Composition, Têtes d'expression, Études de nus et de draperies.

354 — **Lafosse** (C. de). Sous ce numéro, cinquante-sept Dessins, Études pour la coupole des Invalides, Motifs d'architecture, Études de nus et de draperies.

355 — **Lamy** (E.). Écuyer Louis XV (Dessin au pinceau).

356 — **Lanfranc.** Couronnement de la Vierge (Sanguine).

357 — **Lagrenée.** Quatre Académies de femme (Une sanguine et trois contre-épreuves).

358 — **Lallemant**. Architecture (Lavis).

359 — **Langlois**. Étude d'après l'antique (Plume).

360 — **Lantara**. Paysage (Crayon noir).

361 — **Lebarbier**. Projet de tombeau (Plume et lavis).

362 — **Lebrun**. Trois Dessins.

363 — **Le Lorrain** (Meslin). Allégorie (Plume et sépia).

364 — **Lelu** (Signé P.). Deux Pièces : Tête de jeune fille et Femme à la fontaine.

365 — **Le Prince**. Cour de ferme (Sépia).

366 — **Lint** (P. van). Trois figures (Plume et lavis).

367 — **Lombard**. Femme drapée (Bistre).

368 — **Manozzi**. Sept Figures (Sanguine).

369 — **Maratte** (C.). Vierge dans une gloire (Crayon et sépia).

370 — **Id.** Baptême du Christ et deux Têtes d'étude. Trois dessins.

371 — **Marilhat**. Paysage d'Orient (Crayon noir).

372 — **Martin**. Cavalerie (Pierre d'Italie).

373 — **Martini** (D'après Moreau). Costume de ballet (Crayon teinté d'aquarelle).

374 — **Mazzuoli**. Deux Pendentifs.

375 — **Mengs** (R.). Christ au mont des Oliviers (Plume et bistre).

376 — **Meulen**. Cavaliers.

377 — **Michallon**. Seize Dessins terminés (Villas des environs de Rome).

378 — **Mola**. Le Buisson ardent (Sépia).

379 — **Moreau** (L.). Petit Paysage (Aquarelle).

380 — **Moreau**. Vue de ville avec jolies figures sur le premier plan (Sépia).

381 — **Muziano**. Descente de croix (Plume).

382 — **Nanteuil**. Paysage et Portrait. Deux pièces.

383 — **Nicolle** (V.-J.). Intérieur du Colisée (Aquarelle).

384 — **Id.** Vue extérieure du Colisée (Aquarelle).

385 — **Nicolle** (V.-J.). Étude pour l'aquarelle ci-dessus (Plume et sépia).

386 — **Id.** Ruines. Deux pièces (Plume et lavis).

387 — **Id.** Croquis de figures. Quatre pièces (Plume).

388 — **Pajou.** Éducation de l'Amour (Sanguine contre-épreuve).

389 — **Palmerius.** Sacrifice d'Abraham (Plume et lavis).

390 — **Pannini.** Paysage italien.

391 — **Id.** Palais en ruines. Deux dessins (Lavis).

392 — **Pigal.** La Déclaration (Sépia).

393 — **Peters** (B.). Tempête (Plume et lavis).

394 — **Poterlet.** Têtes d'étude et le Dessinateur (Deux dessins au pinceau).

395 — **Potter** (P.). Deux Pièces : Études d'animaux.

396 — **Poussin.** Trois Paysages.

397 — **Id.** Cinq Pièces.

398 — **Primatice ?** Plafond et Sanguine.

399 — **Procaccini.** Académie (Sanguine).

400 — **Prunati** (M.-A.). La Trinité.

401 — **Raffet.** Huit Croquis militaires.

402 — **Raphaël** (École de). Anges (Plume).

403 — **Rembrandt.** Croquis.

404 — **Reni** (Guido). L'Annonciation et Figures de saintes.

405 — **Robert** (H.). Paysages et Architecture. Trois pièces (Mine de plomb).

406 — **Id.** Sept Sanguines : Paysages et Figures.

407 — **Id.** Vingt-cinq beaux Dessins (Sanguine et mine de plomb).

408 — **Romain** (École de J.). Quatre Dessins, dont la Conversion de saint Paul.

409 — **Rosetti** (D.). Groupe de femmes (Plume et sépia).

410 — **Rugendas.** Cavaliers.

411 — **Lairesse.** Achille à la cour de Lycomède.

412 — **Sadeler**. Portrait d'homme.
413 — **Salimbeni**. Allégorie (Plume).
414 — **Sarazin** (J.-P.). Deux Vues de châteaux (Plume et encre de Chine).
415 — **Segala**. Dix-neuf Académies (Sanguines).
416 — **Sivestre**. Vue de palais à vol d'oiseau (Plume).
417 — **Simonin** (Cl.). Frontispice dans le goût de Callot (Plume).
418 — **Solimein**. Vierge. — Incrédulité de saint Thomas. Deux pièces.
419 — **Spranger**. Amour (Plume).
420 — **Stella** (J.). L'Honneur (Bistre à rehauts de blanc).
421 — **Stella** (Attribué à). Trois Dessins.
422 — **Stradanus** (J.). Quatre Dessins.
423 — **Subleyras**. Noces de Cana (Sanguine).
424 — **Swagers**. Eglise (Crayon).
425 — **Duplessis** (M.-H.). Animaux.
426 — **Téniers**. Paysage et Figures (Crayon).
427 — **Thomas** (L.). Deux Paysages (Gouaches).
428 — **Tintoret**. La Cène (Crayon).
429 — **Troyon**. Paysage (Fusain).
430 — **Uden** (L. Van). Paysage (Crayon).
431 — **Thulden** (Van). Quatre Têtes au crayon.
432 — **Velde** (Attribué à A. Van den). Deux Croquis d'animaux.
433 — **Verdier**. Fait historique (Crayon et bistre).
434 — **Vernet** (H.). Cinq Pièces.
435 — **Watteau de Lille**. Danseurs (Mine de plomb).
436 — **Vernet** (J.). Treize Dessins ou Croquis.
437 — **Franck**. Le Festin (Plume et bistre).
438 — **M. de Vos**. Trois Figures (Crayon).
439 — **Watteau** (École de). Amazone (Bistre).
440 — **Wattelet**. Vue de Suisse (Encre de Chine).
441 — **Weitch**. Dessin rehaussé de blanc.
412 — **Weyer** (G.). L'Arrestatiode de Jésus.

443 — **Signature?** Saint Jean (Sanguine).
444 — **A. D.** (Initiales). Vierge (Plume).
445 — **Wille** (P.-A.). Trois Têtes de femme. Beau dessin (Crayons noir et rouge).
446 — **Id.** Contre-épreuve (Sanguine).
447 — **Zuccaro.** Martyre d'une Sainte (Plume).
448 — **Breda** (Van). Chasse au cerf (Aquarelle).
449 — **Breughel.** Paysage (Plume).

---

450 — **Environ 250 Dessins** anciens et modernes, de diverses Écoles, seront vendus séparément ou par lots sous ce numéro.

Vve Renou, Maulde et Cock, impr^rs de la Compagnie des Commissaires-Priseurs, rue de Rivoli, 144. 75416

www.ingramcontent.com/pod-product-compliance
Ingram Content Group UK Ltd.
Pitfield, Milton Keynes, MK11 3LW, UK
UKHW020224180726
13838UKWH00005B/2176